Identificación

Identificación

Vicki Grant

Traducido por
Queta Fernandez

orca soundings

ORCA BOOK PUBLISHERS

Copyright © 2009 Vicki Grant

All rights reserved. No part of this publication may be reproduced
or transmitted in any form or by any means, electronic or mechanical,
including photocopying, recording or by any information storage
and retrieval system now known or to be invented, without
permission in writing from the publisher.

Library and Archives Canada Cataloguing in Publication

Grant, Vicki

[I.D. Spanish]
Identificación / Vicki Grant;
translated by Queta Fernandez.

(Spanish soundings)
Translation of I.D.
ISBN 978-1-55469-134-0

1. Identity theft--Juvenile fiction. 2. Identity (Psychology)--
Juvenile fiction. I. Title. II. Series: Spanish soundings III. I.D. Spanish.

PS8613.R367I218 2009   jC813'.6   C2009-901580-3

Summary: When Chris finds a wallet on the street,
he is tempted to take on someone else's identity.

First published in the United States, 2009
Library of Congress Control Number: 2009924515

Orca Book Publishers gratefully acknowledges the support for its publishing
programs provided by the following agencies: the Government of Canada
through the Book Publishing Industry Development Program and the Canada
Council for the Arts, and the Province of British Columbia through the BC
Arts Council and the Book Publishing Tax Credit.

Cover design by Doug McCaffry
Cover photography by Getty Images

Orca Book Publishers
PO Box 5626, Stn. B
Victoria, BC Canada
V8R 6S4

Orca Book Publishers
PO Box 468
Custer, WA USA
98240-0468

www.orcabook.com
Printed and bound in Canada.
Printed on 100% PCW recycled paper.

12 11 10 09 • 4 3 2 1

Para Eliza, Edwina, Teddy y Ed
con amor y asombro.

V.G.

Capítulo uno

No debí detenerme. Ya estaba tarde. Pero si alguien se encuentra una billetera en la calle, ¿qué otra cosa puede hacer? Pues pararse.

La recogí. Miré para todos los lados y sólo vi a un viejo que había sacado a pasear a su perro. El señor Oxner me iba a matar. Ya me había castigado un par de veces por faltar, por malas notas, por decir groserías o por cualquier otra cosa.

El día anterior se había puesto furioso conmigo. Había dicho que era mi última oportunidad, que solamente masticar chicle en clase —eso fue lo que dijo— sería suficiente para echarme de una vez. Expulsarme.

Ni que me importara un comino.

No me faltaron ganas de decirle: "métase su clase por donde mejor le quepa". No estaba dispuesto a que nadie, y especialmente Oxner, me dijera lo que podía o no podía hacer.

Pero necesitaba un lugar donde quedarme, un lugar donde comer. Si me expulsaban, mi padrastro se volvería loco. Me obligaría otra vez a trabajar de cajero en el supermercado por seis dólares la hora o trataría de echarme de la casa. Se aseguraría de que mi vida se convirtiera en un infierno (como si ya no lo fuera). Podía escucharlo repetir interminablemente que la había regado otra vez, que nunca llegaría a ser nadie, que era una basura, un lastre, un imbécil.

Identificación 3

Dicen que es fácil identificar a tu igual. Lo pensé, pero no me atreví a decírselo. En boca cerrada no entran moscas.

No lo iba a aguantar más. De ninguna manera iba a quedarme de brazos cruzados mientras Ron escupía sus insultos, mi madre lloraba y Mandy observaba. La pobre chiquilla tenía solamente catorce años y ya no podía ni llorar. Había presenciado la misma escena un montón de veces.

Tenía que llegar a tiempo a la escuela. Tenía que mantener contento a Oxner por un mes más. Entonces me graduaría, conseguiría un trabajo, un trabajo de verdad, y me largaría de casa para siempre.

Miré el reloj. Miré al viejo. No parecía ser un hombre con dinero, y pensé que su pobre perro merecía no pasar hambre. Creí que me daría tiempo.

Corrí hasta él.

—¡Oiga! —le hablé tan alto que el hombre se asustó y levantó un puño para golpearme.

Me dio lástima. Parecía tener unos ochenta años.

—Señor, ¿perdió usted una billetera? —le pregunté.

Bajó las manos y se rió.

—¡Epa, muchacho! —dijo—. Pensé que tenía que darte una lección. Y hubiera podido. No dejes que mi pelo blanco te confunda. Yo fui boxeador, para que lo sepas.

—¿Es suya? —lo interrumpí enseñándole la billetera.

—Es posible —contestó—. ¿Cuánto dinero tiene?

La abrí y conté el dinero.

—Cerca de setenta y cinco dólares —le dije.

—No —dijo—. Por menos de cien no te la voy a quitar.

Se rió con ganas.

Quise darle un sopapo. No estaba para perder el tiempo con un vejete y sus chistes estúpidos.

Maldije, y el viejo se volvió a asustar. Me metí la billetera en el bolsillo de atrás del pantalón y salí corriendo.

Identificación 5

Llegué a la clase justo a tiempo. Me deslicé en mi asiento en el mismo momento en que paró el timbre. Oxner no pudo decir ni pío.

Lo miré a la cara y sonreí.

—Me alegro de que hayas llegado a tiempo, Christopher.

Pude ver que le molestó mucho no poder hacerme nada esa vez. Comenzó a escribir en la pizarra frenéticamente. Se le partió la tiza y dijo algo entre dientes.

—¿Qué dijo? —le pregunté—. ¿Dijo usted algo?

Se puso pálido y comenzó a hacer muecas.

—Nada —dijo—. No dije nada.

No me venga con cuentos, pensé. Ni que no hubiéramos oído que había dicho una palabrota. Ay, se le había roto la tiza al pobrecito, al muy idiota.

Alexa Doucette dio media vuelta y me hizo un guiño. Me dijo bajito:

—¡Muy bien! Lo pillaste.

Me sorprendió y además me gustó. Nunca antes había notado que ella se fijara en mí.

Tenía lápiz y papel, y había llevado mi libro. Si Oxner me hacía una pregunta, hasta podía decirle en qué página estábamos. Todo iba a las mil maravillas. Estaba a prueba de fuego. Le devolví la sonrisa a Alexa.

Ahora causaría risa, pero recuerdo haber pensado: *No puedo creer que la suerte me sonría.*

Capítulo dos

Nada me hacía tan feliz como mortificar al señor Oxner. Era tan agradable que casi llegaba a gustarme la escuela. No falté a ninguna clase. No abrí la boca para dar opiniones; hasta me mantuve despierto durante la clase de Historia de la Europa Moderna. Bueno, por lo menos al principio.

También ayudaba el hecho de que Alexa existiera. Era más fácil concentrarse en ella que en un rey muerto.

Después de la clase, un grupo de chicos, y Alexa entre ellos, se fue a comer pizza a *Joe's Big Slice*.

—¿Vienes, Christopher? —me preguntó.

Me molestaba muchísimo que Oxner me llamara por mi nombre completo, pero no me molestó en lo más mínimo que Alexa lo hiciera. Me alcé de hombros y le contesté:

—Claro, ¿por qué no?

Fue una pregunta tonta. Si lo hubiera pensado bien, habría encontrado más de una razón para no invitarme. Para empezar, mi padrastro es camionero de la compañía de construcción de su padre. Ella es rica; yo no. Ella es inteligente; yo no. Ella vive en una casa grande y elegante; yo no.

Créanme. Yo no.

Sólo pensar que le gustaba a Alexa Doucette era suficiente para mí. No tenía planeado faltar a ninguna clase, por el momento.

Jamás iba a *Joe's* después de la escuela; me revientan las colas, pero ese día no

Identificación 9

me importaron, porque Alexa estaba conmigo.

Ella también odiaba a Oxner.

—Es un cretino —me dijo.

Me reí.

—¿Qué te da tanta risa?

—Me imagino que "cretino" es la peor ofensa que has dicho en tu vida —le dije.

El cuello se le puso rojo y miró hacia el otro lado.

—Es verdad, ¿no es cierto? —le dije y la toqué con el codo.

No contestó. La volví a tocar con el codo. Me dio un manotazo en el brazo y se rió, a pesar de que pude notar que trataba de no hacerlo.

—¿Y cómo quieres que le diga? —me preguntó.

—Puedo darte varias sugerencias —dije y abrí la boca para decirle un buen par de ellas.

—¡Shh! —me interrumpió—. ¡No quiero escucharlas!

Era muy simpática.

—Okey —dije—. Entonces dime por qué piensas que es un cretino.

Habló muy seriamente.

—¿Recuerdas la tarea que nos puso sobre matemáticos famosos? Hice una buena investigación. Mi madre es profesora y me la revisó. Estaba perfecta, pero el señor Oxner decidió quitarme cinco puntos porque la había impreso en un papel con las medidas equivocadas. ¡Cinco puntos! ¡Sólo por eso! Mi promedio se verá afectado.

—Ay —dije—, me pregunto cuántos puntos me quitará a mí por ni siquiera entregarla.

—¿No la entregaste? —dijo. Estaba en estado de *shock*. Las niñas ricas son interesantes. Me miró como si yo le acabara de decir que había secuestrado a una vieja o algo por el estilo—. ¿Cómo es posible?

—No tuve tiempo de hacerla.

Se quedó moviendo la cabeza de un lado para otro hasta que Joe nos preguntó qué queríamos.

—Extra *pepperoni* y Coca Cola —dije.

Identificación 11

—Vegetariana y una botella de agua —dijo ella.

Ya lo sabía yo.

—¿Todo junto? —preguntó Joe.

—Sí —dije.

—No, no, no —dijo Alexa.

Levanté la mano.

—Sí. ¿Cuánto es?

Debí de haberlo averiguado antes.

—Ocho dólares y cincuenta y seis centavos, sin contar la propina —dijo Joe, como siempre haciéndose el gracioso.

Se me había olvidado que él cobra más por las pizzas vegetarianas. Tenía cerca de seis dólares y algún cambio en los pantalones. Los puse en el mostrador. Me revisé los dos bolsillos de la chaqueta y encontré otros cuatro centavos. Me estaba poniendo nervioso. No me gusta quedar mal. Alexa pareció querer decir algo. El simpático de Joe ya no se reía. No le hacía ninguna gracia que detuviera la cola.

No quería pedirle dinero a ninguno de mis amigos.

Fue entonces que me acordé.

—Perdón —dije—, se me olvidó que me puse el dinero en el bolsillo de atrás.

Saqué la billetera negra y le di un billete de diez.

—Quédate con el cambio —le dije.

Capítulo tres

Alexa me dio su teléfono. Al principio, no quería. Dijo que a sus padres no les gustaba que les diera información personal a chicos que ellos no conocían.

—Es sólo en caso de que necesite hacerte alguna pregunta sobre la tarea —le dije guiñándole un ojo. Ella sonrió y volvió a sonrojarse—. No querrás que vuelva a tener poblemas con "el cretino", ¿no?

Le dio algo de risa. Arrancó un pedacito de papel de su libreta y escribió su número. Lo puse en la billetera. Qué sensación tan agradable la de poner el teléfono de una chica entre dos billetes de veinte. Me sentí como uno de esos tipos que tiene un carro aparcado frente a la casa.

Me quedé hablando con Alexa hasta que se fue a estudiar. Perdí el autobús y me tomó cuarenta y cinco minutos caminar hasta la casa. Cuando ya estaba casi llegando, cayó un aguacero que me empapó hasta los huesos.

Se podría pensar que alguien sintió pena por mí.

Qué iluso.

A mi madre le dio un ataque. No había tenido tiempo ni de quitarme la chaqueta y ya me estaba dando gritos.

—¿Dónde estabas metido? —tiró una olla contra el fogón y la salsa de tomate le salpicó todo el uniforme de la tienda. Mi hermana salió disparada escaleras arriba.

Mi madre chillaba:

—¡Te lo dije! ¡Te dije mil veces que tenías una entrevista hoy! Mi jefe no quería quedarse hasta tarde. Es un hombre muy ocupado y se quedó porque le supliqué que lo hiciera, comprometiendo mi trabajo. ¿Por qué? Porque yo no quería que perdieras más clases. Le pedí que se quedara hasta tarde por ti. No por mí. *Por ti*. ¡Y ni se te ocurre aparecerte! ¡Ni siquiera te molestas en llamar! ¿Cómo es posible que hayas faltado a la entrevista? ¿Cómo me puedes humillar de esa manera? ¿Qué es lo que te pasa? ¿Eres vago, imbécil o estúpido?

Me miró a los ojos esperando a que yo le contestara. Di media vuelta para que no pudiera leer mis labios y colgué la chaqueta en el pasamanos de la escalera.

—¡Y no dejes la ropa por dondequiera! —se acercó corriendo y la tiró contra el suelo.

No pude ni recogerla. Ella estaba a seis pulgadas de distancia y me ladraba como un *bulldog*.

16 Vicki Grant

—¡Estoy harta de ti, de tu reguero y de tu maldita actitud! Es hora de que actúes como un hombre. Es hora de que comiences a pagar por tus gastos y que ayudes a la familia. Y sé perfectamente por dónde vas a empezar. Acabo de recibir una carta de la escuela pidiendo veinte dólares para los gastos de graduación y diciendo que todavía debes treinta del libro de historia que perdiste el año pasado. ¿Sabes quién va a pagar por eso? Nosotros, no. ¡Tú!

En ese momento llegó Ron del trabajo.

—¿Pagar por qué? —preguntó.

Obviamente mi madre no lo esperaba en casa tan temprano. Me puso la chaqueta en la mano.

—Oh, nada —dijo como si hubiéramos estado conversando amigablemente.

A Ron no le gustó la respuesta y estrelló la lonchera contra la mesa de la cocina.

Mi madre le hizo todo el cuento.

"¿Que se olvidó?¿Que se olvidó?", gritaba. Según él, yo había olvidado todo lo que me habían enseñado: modales,

Identificación 17

sentido común, disciplina, respeto por la autoridad, ambición. Y continuó interminablemente.

Todo lo que me venía a la mente era: *¿Cómo se atreve un camionero gordo y barrigón a hablarme de ambiciones?*

No pude aguantar más la porquería que hablaban. Agarré mi chaqueta y caminé hacia la puerta.

Ron empujó a mi madre a un lado y se dirigió hacia mí.

—¡Tú no vas a ningún lado, muchacho!

—¿No me digas? —le dije—. ¿Y quién va a impedírmelo? ¿Tú?

No tuve que correr. El muy puerco no podía alcanzarme. Salí y tiré la puerta.

Capítulo cuatro

Todavía estaba lloviendo. Caminé con la capucha puesta y con las manos en los bolsillos hasta que no pude más. Vi un *Burger King* y entré para calentarme. No era mi intención comer, pero el olor a papas fritas era tan sabroso que no pude aguantarme. Ordené un combo. Por suerte todavía tenía conmigo la billetera.

Cuando terminé de comer, ya había parado de llover. Eran cerca de las nueve.

Identificación 19

Todavía no podía regresar a casa. Mi mamá había trabajado el turno de la mañana, y estaría ya en cama, pero Ron seguro estaba despierto frente al televisor, muriéndose por ponerme las manos encima. No necesitaba que me dijera otra vez que yo era un fracaso. Ya me habían dicho todo lo que podía tolerar en un solo día. Podía haber ido a casa de Matt, pero entonces se daría cuenta de que algo andaba mal. No me gusta hablarle a mis amigos de los problemas de mi vida. Sus padres eran personas normales. No me entendería.

Eso me enfureció otra vez. El hombre que estaba frente a mí se puso una servilleta en el cuello. Me imaginé que no quería mancharse su elegante traje con la salsa de la hamburguesa con queso. ¿Qué pensaba? ¿Que iba a impresionarme porque tenía puesto un traje? Me dieron ganas de tirarle el café por encima.

Me fui de allí antes de cometer una locura. Tenía que liberar un poco de energía. Tenía que estar completamente muerto de cansancio para que no me importara llegar a casa. Tenía que hacer algo.

No eran muchas las opciones; además, odio correr y jamás voy a un gimnasio.

Decidí devolver la billetera. Busqué la dirección en una de las tarjetas de identificación. El tipo vivía en Waterloo Crescent número 27. Era una larga caminata, pero no me importaba.

Me tomó casi media hora llegar. Waterloo quedaba en la parte buena de la ciudad, cerca del río. Las casas eran enormes y, en comparación, mi casa parecía la caseta para herramientas del jardín.

El número 27 era una casa de ladrillo con garaje para tres carros y un árbol grandísimo delante. Estaba a oscuras. Parecía que no había nadie o que ya estaban durmiendo. De todas maneras, me acerqué a la puerta. Ya había caminado hasta allí. Me imaginé que el hombre se alegraría de encontrar su billetera aunque lo hubieran despertado. Toqué el timbre y esperé.

Identificación   21

Nadie contestó.

Toqué el timbre de nuevo. Traté de mirar por entre las cortinas. Para ser una casa tan elegante, el lugar parecía vacío. Tenía sólo un sofá de piel y un televisor de plasma grande. Le vendría bien una alfombra, pero por lo demás no estaba mal. Después de todo a mí me gustaban las casas así. Total, a la sala de mi casa no le cabía ni una cosa más y todo lo que tenía eran trastos.

Al lado de la puerta había un buzón. Pensé en dejar allí la billetera. Me la saqué del bolsillo. El hombre la encontraría al otro día por la mañana cuando fuera a buscar su correo.

¿Y si se había mudado? A lo mejor ésa era la razón por la que el lugar parecía desierto. ¿Y si nunca revisaba el correo? ¿Y si el cartero se robaba la billetera antes de que el hombre la encontrara?

También pensé en otra cosa: el viejo. Le había dicho que la billetera tenía setenta y cinco dólares. Me había visto la cara. ¿Y si por una de esas coincidencias conocía al dueño de la billetera? ¿Y si se enteraba de que sólo quedaban sesenta? Sabría que había sido yo el que tomó el dinero. Vaya suerte de perros si eso sucedía. Estaría totalmente fregado.

Tenía muchas razones para no dejar la billetera en el buzón. Me la metí de nuevo en el bolsillo del pantalón. Devolvería el dinero que había tomado y llamaría al tipo con anticipación para asegurarme de que estuviera en casa. Volvería otro día.

Capítulo cinco

Cuando regresé, Ron estaba dormido frente al televisor. Era demasiado vago para levantarse y comenzar a pelearme. A la mañana siguiente ya se habría ido a trabajar cuando yo me despertara.

Al otro día, mi mamá llamó al trabajo y dijo que estaba enferma. Cuando bajé a desayunar me estaba esperando en la cocina. Trató de disculparse. Me dijo que estábamos apretados de dinero, que ella estaba muy angustiada y que no quiso decirme todas las cosas que me dijo, además de llamarme estúpido.

Ya lo creo. Si no quiso decírmelo, ¿por qué lo hizo, entonces?

No la odio, es mi madre. Sé que no puede salirse de Ron, pero así y todo no iba a perdonarla tan fácilmente. No le dije nada, solamente me encogí de hombros. Agarré mi mochila, un pedazo de pan y me fui. Tenía que salir de allí.

Llegué a la escuela quince minutos antes de la hora de entrar a clase. Qué suerte, porque me había olvidado de hacer la tarea de matemáticas. La verdad es que la noche anterior había tenido otras cosas en la mente.

De seguro Oxner me expulsaría de la clase si no la entregaba. Otros maestros me darían un respiro si les decía los problemas que tenía en casa, pero Oxner, nunca. Tampoco le iba a dar la oportunidad. De ninguna manera se lo diría. No iba a permitir que me tuviera lástima.

Identificación 25

Tenía que terminar parte de la tarea o tendría un serio problema.

Estaba recostado contra mi taquilla con la hoja de matemáticas en la mano, cuando vi a Alexa. En un minuto, la vida puede cambiar y pasar de una total miseria a ser ciento por ciento perfecta.

—¡Hola, Alexa! —creí que no me había escuchado y corrí tras ella—. ¡Alexa!

Esa vez dio media vuelta.

—Hola, Christopher —dijo.

Los ojos de Alexa tienen un color precioso, como el azul de un marcador de fieltro. Pensé que quizás usaba lentes de color.

—¿Puedes hacerme un favor? —le pedí. Las chicas como ella jamás dicen que no si se les piden las cosas de favor.

Le expliqué que había tenido un pequeño problema la noche anterior. Claro, no le dije nada sobre mi padrastro, eso me hubiera hecho lucir como gente baja. Sólo le pregunté si podía ver su tarea.

—¡Oh, no! No creo que sea posible, Christopher —dijo, con una expresión en la cara que cualquiera hubiera imaginado que le había pedido que traficara drogas—. Eso es fraude —y apretó la carpeta contra su pecho.

—Tú no vas a hacer ningún fraude —le dije—. Si alguien te pregunta puedes decirle la verdad. Dile que yo te robé la carpeta.

Se la arrebaté de las manos y perdió el equilibrio. La agarré con mi otro brazo para que no se cayera y hubo un momento de ternura.

—Por favor —le dije muy bajito—. Nadie lo va a saber. Sólo voy a copiar algunas de las respuestas para que Oxner no me expulse de la clase.

Noté que no quería hacerlo. Alexa se irguió y se arregló la falda.

—Porfa —le dije otra vez.

Miró al pasillo. Parecía tener miedo de que alguien la estuviera mirando.

—Nadie se va a enterar —dije y le sonreí.

Dicen las chicas que tengo una bella sonrisa.

Identificación   27

Alexa se mordió el labio inferior, miró otra vez a su alrededor y suspiró.

—Está bien —dijo—, pero apúrate.

Le revolví el pelo con la mano y salí corriendo para el baño. Me tomó sólo tres minutos copiar suficientes respuestas para librarme de Oxner.

Cuando salí, Alexa estaba con unas amigas. Le puse un brazo sobre los hombros para que no notaran que le pasaba la carpeta. Cuando las amigas se fueron, le dije muy bajito:

—Gracias. Te devolveré el favor.

Tenía que pensar en algo realmente bueno.

Capítulo seis

Esa noche comí dentro de mi cuarto. Me dio pena dejar sola a Mandy con mi madre y con Ron, pero no podía tragarme al tipo.

Además, tenía que estudiar. Tener problemas en la escuela era una cosa —a Alexa no le importaba que yo torturara al señor Oxner—, pero otra cosa era parecer estúpido. Yo no quería que pensara que había reprobado por tonto. Pensé que si me aplicaba, podría contestar algunas de las preguntas de historia al día siguiente. Así podría impresionarla.

Abrí el libro. Estábamos estudiando a los nazis. Eran tan retorcidos, que eran interesantes. Leí por casi media hora y comencé a pensar otra vez en Alexa. Por qué tenía que esperar hasta el día siguiente. Por qué no llamarla en ese momento. Podía decirle que tenía una pregunta importante que no podía esperar. Podía parecer que yo estaba, realmente, analizando el tema de historia o algo así.

Saqué su número de la billetera. Le preguntaría la fecha en que Hitler tomó el poder. Marqué los primeros seis números y me detuve. Era una pregunta estúpida. La respuesta estaba en la primera página del libro. Si le hacía esa pregunta pensaría que yo no sabía leer.

Colgué el teléfono. Miré otra vez el libro. Decía que Hitler era vegetariano. Podía preguntarle a Alexa si ésa era la razón por la que ella había renunciado a comer carne. Le diría: "¿Cómo es posible? ¿Estás tratando de parecerte a Adolfo?

¿Es tu ídolo?". Podía reírse o podía tomarlo como un insulto. Nunca se sabe con chicas como ella.

Leí un poco más, pero no pude encontrar una buena excusa para llamarla. Todas las que se me ocurrían me harían quedar como un idiota. Tiré el libro al otro lado del cuarto. Ron gritó: "¿Qué pasa allá arriba?", y comenzó a decir horrores, como si yo hubiera arrancado una ventana de una patada. Volví a poner el teléfono de Alexa dentro de la billetera.

Me acosté y miré al techo. Quería irme de la casa, pero en ese momento no quería ni pasarle por al lado a Ron. Estaba preso en mi propio cuarto. No tenía mucho que hacer. Estaba cansado de leer y no podía llamar a Alexa. No podía ni oír música porque no tenía baterías.

Qué vida tan miserable la mía.

Me dije que algún día iba a vivir en una de esas casas inmensas en Waterloo Crescent. Tendría tres carros en sus respectivos garajes y un jardín grandísimo con un jardinero para cortar la hierba.

Identificación   31

Invitaría a Ron a comer, sólo para verle la cara cuando le dijera lo que había pagado por todo aquello.

Eso me gustaba.

Agarré la billetera. Quería ver qué tipo de persona vivía en una casa como ésa.

El nombre del hombre era Andrew Kirk Ashbury. La licencia de conducir decía que tenía veinticinco años. Me enojé aún más. El tipo era solamente ocho años mayor que yo y ya era el dueño de una mansión.

A lo mejor no era de él, pensé. Era posible que fuera de sus padres.

Eso también me enfureció. Quiero decir, ¡todavía vivía con sus padres a los veinticinco años! Apostaba cualquier cosa a que el señorito Andrew no tenía que trabajar en el supermercado llenando bolsas. Todo se lo habían presentado en bandeja de plata.

Miré su licencia de conducir. Medía cinco pies nueve pulgadas. Pesaba 150 libras y tenía los ojos azules. Qué coincidencia, igual que yo. Casi me dio risa.

Era increíble cómo podíamos ser iguales y a la vez diferentes. Andrew Ashbury tenía todo lo quería y yo no tenía nada.

¿Cómo suceden esas cosas? ¿Cómo es que a mí me tocó la parte más estrecha del embudo?

Me fijé en su cara. ¿Qué tenía de especial? No era mejor que yo. Él tenía pelo rubio y corto; yo lo tenía largo y castaño. Él usaba lentes; yo no. Tenía un arete y yo detestaba esas cosas. De especial no tenía ni un pelo. El tipo parecía que no necesitaba afeitarse y yo me había tenido que afeitar desde el primer año de *high school*.

Vacié todo lo que estaba en la billetera sobre mi cama. Era increíble la cantidad de tarjetas que tenía. Lo único que yo tenía era mi certificado de nacimiento y la tarjeta de estudiante del año pasado (este año no tuve dinero para comprar una). Andrew tenía una licencia de conducir, un certificado de nacimiento, cuatro tarjetas de crédito, un par de tarjetas para gasolina y una tarjeta de banco.

Identificación
33

Además de un montón de tarjetas de tiendas de video, cafeterías, aerolíneas con millas gratis de vuelo y otras cosas por el estilo.

Me fijé en su firma. Eran varios círculos, uno detrás de otro, con una línea debajo. Parecía como si hubiera estado comprobando que el bolígrafo tuviera tinta. No se podía descifrar ni una letra.

Después de ver esa firma, no me cayó bien el tipo ¿Quién se creía que era? ¿Donald Trump? No resisto a esa gente que actúa como si estuviera demasiado ocupada para escribir su nombre correctamente.

Vacié el otro lado. Tenía dos dólares y treinta y siete centavos en monedas, una llave, otras dos tarjetas de crédito, un recibo de tintorería y algo que parecía un cupón de reclamo de equipaje.

La única otra cosa en la billetera era una foto de una chica muy bonita. Llevaba demasiado maquillaje, pero nada que me disgustara mucho. Con el pelo rojo y largo que tenía le perdonaba la sombra de los ojos.

Miré la parte de atrás de la foto. Decía: "Para mi bebé. Te amo. J.J.". Tenía una letra clara y perfecta, como una maestra de kindergarten (¿cómo es que mis maestras nunca lucieron así?).

Me le quedé mirando por un rato.

Maldito.

¡Hasta tenía novia el tal Ashbury! La casa, el dinero, la chica, lo tenía todo. Eso me enfureció de mala manera. No podía soportarlo, estaba a punto de explotar. Era como si dentro de mí hubiera un animal a punto de saltar y destrozarlo todo.

Sentí necesidad de destruir. Quería darle puñetazos a la pared. Las paredes baratas de ese horrible lugar se desmoronarían como galletas y eso me haría sentir bien.

Cerca de la ventana había un lugar rajado y mohoso por donde entraba el agua. Era el lugar perfecto. Cerré la mano y flexioné el brazo hacia atrás para lanzar el primer golpe.

Me detuve.

Me acordé de Ron, abajo, esperando a que yo hiciera algo mal. Pensé en Mandy, en mi madre y en la gritería que se armaría. Pensé en Alexa.

Miré fijo a la pared. Me golpeé la otra mano varias veces. Me imaginé la pared hecha pedazos y yo saliendo entre los escombros como si me escapara de la cárcel. Eso era lo que tenía que hacer: escapar. Tenía que buscar la forma de salir de aquel lugar.

Recogí las tarjetas y las otras cosas, y las puse de nuevo en la billetera, con cuidado de que quedaran exactamente igual que antes. Me puse el teléfono de Alexa en el bolsillo de atrás del pantalón. Conté el dinero que quedaba: cerca de cincuenta y siete dólares. Al día siguiente le pediría prestado a mi hermana dieciocho dólares y llamaría a Ashbury por teléfono.

Pensé que era muy posible que un tipo rico como él me diera una buena recompensa por devolverle la billetera.

Eso sería lo próximo que haría en cuanto saliera de allí.

Capítulo siete

No sé por qué me preocupé tanto en no disgustar a Mandy esa noche. No sé por qué me molesté en tratar de ser bueno con ella. De nada me valió.

A la mañana siguiente, me levanté muy temprano. Le toqué la puerta del cuarto.

—¿Qué quieres? —me gritó, como si ya estuviera enojada.

—¿Puedo pasar? —le pregunté.

Identificación 37

—¿Para qué? —gritó otra vez.

—Quiero pedirte algo —le dije de la mejor manera posible. No surtió efecto.

—¡Puedes olvidarlo! —dijo sin ni siquiera abrir la puerta—. No te pienso prestar dinero. ¡Todavía me debes once dólares de la semana pasada!

Me molestó mucho que automáticamente pensara que le iba a pedir dinero, pero no lo demostré.

Traté de explicarle que se lo pagaría en un par de días y hasta le daría otros dos dólares más.

—No te creo. ¿Piensas que soy idiota? Como si no te hubiera oído decir lo mismo antes. ¿Por qué no te consigues un trabajo en vez de estarle pidiendo dinero a todo el mundo? Yo cuido niños tres veces a la semana. Trabajo para ganarme el dinero. También lo podrías hacer tú, ¡si no fueras un inútil!

¡Inútil! Hasta ese momento las cosas no iban mal. Ahora sonaba igual a Ron. Ella también lo odiaba, pero a quien le estaba llamando inútil era a mí.

Perdí el control. Le caí a patadas a la puerta y le grité una sarta de insultos. Ron salió corriendo del baño con su barriga mantecosa colgándole por encima de los pantalones y la cara embadurnada de crema de afeitar. También comenzó a dar gritos. Mi madre subió las escaleras corriendo.

—¡Chris! —no se le ocurrió preguntar de quién era la culpa.

Todo el mundo estaba gritando. Nadie escuchaba a nadie. No tenía oportunidad de defenderme.

Bien. Todos podían irse al mismísimo demonio.

Agarré mi mochila y decidí largarme. Mi madre extendió un brazo para detenerme. La quité del medio de un empujón. Se tambaleó escaleras abajo. No me importó. Por primera vez, Ron se dignó a ayudarla.

Me alegré, porque yo no lo iba a hacer más.

Yo ya no vivía allí.

Capítulo ocho

Cuando llegué a la escuela, me sentía mejor. Mejor de lo que me había sentido en largo tiempo. Al fin tenía un plan y una esperanza. Me darían la recompensa y me largaría. Podía irme con mi primo al oeste del país. A él no le importaría si era sólo por un tiempo. Podría encontrar trabajo y no depender de nadie. Las cosas me saldrían bien.

Alexa entró en la clase de señor Oxner. Tenía una blusa rosada con los dos primeros botones abiertos. Se sentó delante de mí. Pude sentir el olor a champú de su pelo. Se arregló la coleta. Sus dedos eran largos y finos.

En ese momento tuve dudas de si, en realidad, quería irme. Si dejaba la escuela nunca encontraría una chica como Alexa. ¿Qué dirección iba a tomar mi vida durmiendo en el sofá de mi primo y trabajando en un lugar miserable? No en la dirección de una mansión en Waterloo Crescent. Seguro que no.

Tenía que analizar un poco más las cosas.

Los altavoces de la escuela interrumpieron al señor Oxner, algo que jamás me disgustaba. El director de la escuela anunció que los boletos para el baile de la escuela se venderían solamente hasta las 3 de la tarde de ese día. Y agregó: "¡No se lo pierdan!". El tipo daba lástima.

Yo no tenía pensado ir. Jamás iba a esos bailes, porque nunca tenía dinero.

Sin embargo, ahora podía hacerlo. Sólo tenía que tomar prestado un poco más de dinero de la billetera.

No. No lo haría. No lo tomaría prestado. Lo gastaría y ya está. Llamaría a Ashbury y le diría que había encontrado su billetera, pero que no tenía ningún dinero. ¿Por qué iban a importarle setenta y cinco dólares a un tipo como él? Estaría contentísimo de recuperar su billetera y sus cosas. Eso sólo valdría una recompensa. Le diría, como el que no quiere las cosas, que yo vivía en Fuller Terrace. Cualquiera que viviera en ese lugar estaría necesitado de algún dinero. Era posible que fuera generoso y me diera una buena recompensa.

Por un segundo, pensé otra vez en el viejo. ¿Por qué me tenía que preocupar? ¿Qué posibilidades existían de que él conociera a Ashbury o de que se acordara de mí? Era viejísimo y posiblemente ni se acordara de su propio nombre.

Toqué a Alexa en el hombro y le dije casi en un susurro:

—Oye, ¿te gustaría ir…?

Se puso un dedo sobre los labios y me mandó a callar.

El señor Oxner la escuchó y dio media vuelta. Me miró.

—¿Qué es lo que está pasando aquí? —dijo caminando por entre las filas en mi dirección. Se moría de ganas de echarme del aula.

Alexa dijo:

—Disculpe, señor Oxner. Estuve a punto de estornudar.

Oxner la miró y luego me miró a mí. Achicó los ojos y se quedó parado por unos minutos tratando de pensar qué decir, pero giró en el lugar y regresó al pizarrón. Volví a tocar a Alexa en el hombro y le susurré las gracias. Movió la cabeza de arriba a abajo sin dejar de mirar hacia adelante. No se movió hasta el final de la clase. Ella es de las que escribe cada palabra que dice el maestro.

Sonó el timbre. Cuando iba a pedirle a Alexa que fuera conmigo al baile, el señor Oxner me interceptó.

Identificación 43

—No creas que me puedes engañar, Bent. No sé exactamente lo que estabas haciendo, pero no tengo la menor duda de que te traías algo entre manos —me dijo.

Siguió con lo mismo por un rato. Yo no iba a permitir que me enojara. No podía echarlo todo a perder. Tenía que pensar en otra cosa mientras él hablaba, y esperar hasta que terminara.

Pensé en el baile y en Alexa. A Ron le daría un ataque cardiaco si se enteraba de que yo iba al baile con la hija de su jefe. No lo podría creer.

Capítulo nueve

Durante el resto de la mañana no vi a Alexa. Nada raro. Nosotros no andábamos en el mismo grupo. Ya le diría lo del baile antes de la clase de historia.

Ese día no había tomado desayuno y me moría del hambre. Mi dirigí a la cafetería a ver si podía afanarme unas papas fritas. Entonces me di cuenta de que no tenía que hacerlo. Si le iba a decir a Ashbury que en la billetera no había dinero cuando la

Identificación

encontré, podía gastarme lo que quedaba. Tenía suficiente dinero para comprar los boletos para el baile y para comprar algo de comer.

Decidí ir a la pizzería *Big Slice*. Pensaba que, si tenía suerte, me encontraría allí con Alexa. Salí del patio de la escuela y tomé la calle Windsor. Tropecé con alguien que no vi venir por andar pensando en Alexa. Los dos nos disculpamos a la vez. Levanté la vista y vi que era el viejo con su perro. Dio un salto y abrió los ojos como platos. Le dio un tirón al arreo del perro y salió a toda prisa.

Me asustó verlo correr de esa manera. Sin duda me había reconocido. Me miró como si fuera un criminal.

Después de todo, no fui a la pizzería y regresé a la escuela. De pronto, sólo quería deshacerme de la billetera lo más rápido posible. No quería ni tocarla.

Saqué el dinero y me lo puse en el bolsillo. Aunque me descubrieran, nadie podría saber si el dinero era de Ashbury.

Si preguntaban, diría que me lo había ganado jugando al póker. Matt me apoyaría. Ya tendría tiempo más tarde para decirle la verdad.

Detrás de la cafetería había un contenedor de basura donde podía dejar la billetera. El camión de la basura se la llevaría y nadie sabría que había estado en mis manos.

Cuando llegué, había un grupo de chicos fumando alrededor del contenedor. No sería fácil deshacerme de la dichosa billetera. Me preguntarían por qué la tiraba y de dónde la había sacado. Me quedé por un rato y me fumé un cigarrillo aparentando que ésa era la razón por la que estaba allí.

Cuando sonó el timbre, ya estaba más calmado. Podía ser el efecto del cigarrillo o el haber escuchado las historias de los otros chicos. Mi situación no tenía comparación con las cosas que ellos habían hecho. Pensé que actuaba como un cobarde. El viejo me había reconocido, bueno, ¿y qué? Yo fui quien lo asusté a él y eso no era un crimen. Seguro que ya ni se acordaba de la billetera. Sería estúpido deshacerme de ella en vez de ir a buscar la recompensa. No quería terminar como aquel grupo, alrededor de los contenedores de basura para fumarse los cigarros de los demás. Quería tener dinero en el bolsillo cuando saliera con Alexa. Seguro queríamos ir a comer algo después del baile. Me despedí, aplasté el cigarrillo y entré en la escuela.

Me detuve en la oficina del director. La secretaria no se mostró muy alegre de verme. Levantó las cejas cuando compré los dos boletos para el baile. Sin duda había pensado que estaba allí por algún problema disciplinario.

En camino a la clase de historia, vi a Alexa en el pasillo. Estaba sola. Era una buena oportunidad. Corrí hasta ella.

—¡Eh, Alexa! —dije y ella dio media vuelta.

Parecía preocupada, pero me sonrió.

—¡Hola! —me dijo—. Hoy no tenemos que entregar tarea de historia.

—¿Crees que ésa es la única razón por la que hablo contigo? —le dije dándole un golpecito con el brazo.

—No, me imagino que no —respondió y se sonrojó otra vez. Era la primera chica a la que le hablaba y se sonrojaba.

—¿Puedes adivinar por qué quiero hablar contigo ahora?

Negó con la cabeza.

—Te voy a dar una pista… viernes por la noche —ladeé la cabeza y me le quedé mirando a los ojos—. Vamos, adivina. Tú eres muy inteligente…

En ese momento estaba totalmente sonrojada. Era obvio que sabía a qué me refería, pero sólo levantó los hombros.

—Está bien, te lo voy a decir —le dije—. Tengo dos boletos para el baile. Uno es para ti. Bueno, si quieres…

Sonreí y le puse el brazo sobre los hombros. Se puso tensa, se detuvo y me dijo:

—En realidad, Christopher…

No recuerdo exactamente lo que dijo después. Para qué molestarme en repetirlo.

Todo era mentira. Me podía haber dicho que estaba muy ocupada, que tenía otros planes o darme cualquier maldita excusa. Nada me importaba. En el segundo en que me miró pude ver lo que realmente estaba pensando: *¿Estás hablando en serio? ¿Yo, Alexa Doucette, salir con un tipo como tú?*

La interrumpí.

—Sí, sí, sí. No sigas, me da igual —le tiré los boletos a la cara, la insulté y salí de allí.

Ya no estaba sonrojada. Estaba más blanca que sus preciosos dientes.

Capítulo diez

En el momento en que le estaba dando patadas a mi taquilla, al señor Oxner se le ocurrió pasar por el pasillo. Me agarró por la chaqueta. Le di un codazo en el estómago. Empezó a pedir auxilio. Lo insulté y me fui. ¿De qué valdría quedarme allí para escuchar lo que iba a decir el director? Sabía que me expulsarían definitivamente.

No podía regresar a mi casa. No podía ir a la pizzería. No podía ir a la casa de mi

Identificación   51

amigo Matt (su mamá querría ayudarme a resolver los problemas con mi padres, con la escuela y con todo el cochino mundo). No podía viajar a casa de mi primo, porque necesitaba más de cuarenta y siete baros. No sabía adónde ir.

Me pregunté si el señor Oxner habría llamado a la policía. Era el tipo de rata que llamaría al 9-1-1 dando gritos de auxilio porque la taquilla estaba abollada. Tenía que largarme antes de que llegaran. No quería que me arrastraran hasta la cárcel y mucho peor, a mi casa.

Vi el autobús 24 que se acercaba. Se dirigía al norte de la ciudad. Me subí. Necesitaba tiempo para pensar. El autobús estaba casi vacío, pero me senté al final y me escurrí en el asiento. Lo único que quería era desaparecer.

Durante un rato sólo miré por la ventanilla. Era un día lindo. Las chicas ya estaban usando blusas sin mangas.

El autobús se detuvo en un parque cerca del río. No tenía pensado bajarme, pero me atrajeron el río y una cabina de teléfono. Algo me dijo que me bajara.

Sabía que estaba cerca de Waterloo Crescent. Llamaría a Ashbury, le daría su billetera y recibiría mi recompensa. Busqué su número en la guía telefónica y lo marqué. El timbre sonó varias veces. Ya iba a colgar cuando una voz de mujer contestó.

—¡Aló! —parecía cantar.

—¿Podría, por favor, hablar con Andrew Ashbury? —mi madre siempre se aseguró, desde que yo era pequeño, que tuviera buenos modales al hablar por teléfono. Una de las cosas que hizo bien. Nadie debe saber que vives en un barrio marginal cuando hablas por teléfono. Si suenas bien, puedes ser cualquier persona.

—Tiene el número equivocado —dijo la señora, y esta vez no cantaba.

—¿Es el 555–1254? —pregunté—. Necesito hablar con Andrew Ashbury que vive en 27 Waterloo…

—¡Él no vive aquí! ¡Ya le dije que tiene el número equivocado! —dijo colgando bruscamente.

Odio a la gente grosera. Sólo trataba de hacerle un favor al hombre. Ya estaba harto de tanta porquería. Colgué el teléfono de un buen golpe. Y lo seguí golpeando una y otra vez.

La mujer se podía ir al diablo.

Me senté bajo un árbol, a la sombra. Pasó un grupo de veleros por el río. Me reventaba ver que había gente con tanto dinero que podía pasear en velero un jueves por la tarde, mientras el resto del mundo trabajaba esclavizado para poder vivir.

Le compré un perro caliente a un hombre con un carrito. También le compré un refresco y unas papas fritas. Si ellos podían pasear en velero, yo podía comprar algo que comer.

Regresé y me senté bajo el árbol. Terminé mi almuerzo y pensé en Ashbury. Ése era su barrio. Estoy seguro de que había estado en ese parque. A lo mejor se había sentado debajo del mismo árbol y se había comido un perro caliente que le había comprado al mismo hombre.

Era posible que hubiera mirado la misma vista.

Sí, habría hecho exactamente lo mismo que yo en ese momento, pero yo estaba seguro de que para él, todo era completamente diferente. No se había comido el perro caliente con la preocupación de dónde iba a conseguir suficiente dinero para su próxima comida. Y tampoco se habría preguntado dónde podría dormir esa noche. Sin duda había contemplando el paisaje, pensando en J.J. y haciendo planes de lo que harían juntos ese fin de semana.

Un tipo así no me daría ninguna recompensa y tampoco le importaría un bledo su billetera.

Le tiré el resto del perro caliente a una paloma feísima que lo agarró y se fue volando. Hasta una insignificante paloma podía ir a donde quisiera. Yo estaba atrapado en mi cochina vida, obligado a mirar cómo los demás hacían dinero, conseguían novia, se divertían y llegaban a ser "alguien".

Identificación 55

No era justo. No era mi culpa que mis padres se hubieran separado. No era mi culpa que mi madre hubiera tenido que dejar la escuela de peluquería cuando yo nací. No era mi culpa que mi padre nos hubiera abandonado. No era mi culpa que Ron fuera un cretino, nos tuviera viviendo en un tugurio y que la escuela fuera una basura. Yo no había pedido nacer y, si me hubieran preguntado, seguro no hubiera querido nacer en un desastre de familia como la mía. Todo era culpa de ellos y yo era el que tenía que sufrir las consecuencias.

Pues al demonio con todo. Estaba harto. Ya no aguantaba más.

Entonces supe lo que tenía que hacer. Debí haberlo pensado antes. Abrí la billetera, miré otra vez la foto de Ashbury y conté el dinero que quedaba.

Había pasado antes por una farmacia e iba a regresar hasta encontrarla.

Capítulo once

La apariencia lo es todo. Eso es lo que la gente toma en cuenta para decidir lo que piensa de ti. Si luces pobre, piensan que eres un estúpido. Si pareces rico, eres el tipo más inteligente. En otras palabras, luces como Chris Bent y eres un don nadie. Luces como Andrew Ashbury y ¿qué sucede? Ahora iba a enterarme.

Tenía la intención de comprar solamente el tinte de pelo rubio, la máquina de afeitar y un par de tijeras, pero vi un par de gafas de leer muy baratas en el mostrador. Las color café se parecían a las que Ashbury tenía en la licencia de conducir y las compré también. Las gafas hacen que uno luzca inteligente. La señora de la caja me dijo cómo llegar hasta los baños públicos.

Me corté el pelo. Me quedó un poco chapucero, pero cuando consiguiera trabajo iría a un barbero para que me lo arreglara. Me afeité la barba. Cuando terminé, la cuchilla estaba sin filo.

Qué sensación tan rara. Antes había tenido "chivo" y bigote, y por un tiempo tuve una "mosca", pero no había tenido una cara así perfectamente suave, desde que era un niño. La piel estaba muy sensible, como si me hubiera quitado una camisa mojada en un día de frío. Me agradaba la sensación.

Por años había observado a mi madre teñirse el pelo. No era difícil. Me quité el pulóver, me puse los guantes y me vacié toda la mezcla en la cabeza.

También me pasé un poco por las cejas. Eran demasiado oscuras para mi nuevo pelo rubio.

No quería que nadie viera lo que hacía. Me senté en uno de los baños y esperé a que el tinte funcionara. Era muy aburrido. Después de un rato saqué otra vez la billetera. Si iba a comenzar a llenar formularios para conseguir trabajo, necesitaba saber todo sobre Andrew Ashbury.

Ya sabía su dirección y su talla. Memoricé su cumpleaños y su código postal. Tomé un bolígrafo de mi mochila y practiqué su firma, en caso de que necesitara firmar algún documento. Cuatro vueltas y una línea. Más que fácil.

¿Qué otra cosa necesitaba? Creí que debía saber algo sobre su familia, qué trabajo hacía y otras cosas por el estilo.

Registré de nuevo la billetera. No había nada sobre su familia. Bueno, no importaba. Si alguien preguntaba, inventaría algo. Joanna y Blake serían sus padres. Tendría un hermano, Bryce, y una hermana, Ann Marie. No, Marina.

Bryce y Marina. Cuando sea rico, ésos serán los nombres de mis hijos.

Pensé que debería tener un perro también. Lo que yo quería era un dóberman. Andrew no tenía tipo de que le gustaran los dóberman y a mí no me gustaban esos perros chiquititos y chillones de la gente rica. Era probable que J.J. tuviera un gato. Podía hablar sobre lo mal que me caía, que soltaba pelos y que se enfurecía cuando lo besaban.

Ah, también necesitaba un pasatiempo. ¿Qué tal viajar en velero? Sonaba bien, pero yo no sabía nada de barcos. No era un problema, porque sí sabía de carros y ahora tenía suficiente dinero para comprarme un par.

Ese pensamiento me detuvo. ¿A quién iba a engañar? Aún no tenía dinero para nada, sólo unos tres dólares en el bolsillo, pero nadie tenía que saberlo. Ya cambiarían las cosas algún día. La idea me hizo reír.

Seguí registrando la billetera: las tarjetas de negocios, el boleto de reclamo de equipaje, la llave. Nada de eso me servía. El recibo de la tintorería decía "pagado" y era de un traje y una camisa. Leí la dirección y vi que no estaba lejos. Las cosas empezaban a coger forma. Ahora podía deshacerme de la chaqueta vieja.

Miré mi reloj. Ya tenía que enjuagarme el tinte del pelo. Puse las cosas de nuevo en la billetera. Cuando le di la vuelta a la tarjeta del cajero automático noté algo que estaba tachado. La puse contra la luz y pude ver un 2, un 5, un 3, un 7 y un 9, o ¿era un ocho? Podía ser 2-5-8-7-9. O uno o lo otro.

No podía creerlo. Qué estúpido. ¿Cómo se le ocurría poner la contraseña detrás de la tarjeta? Nunca me había sucedido una cosa igual. En ese momento pude ver un montón de posibilidades frente a mí.

El corazón me latía tan fuerte que lo sentía en la boca. Tuve que controlarme, no podía echarlo todo a perder. Lo puse todo de nuevo en la billetera y me dije que lo que tenía que hacer era quitarme aquello de la cabeza cuanto antes.

Identificación 61

Si me quedaba calvo, entonces sí que no me iba a parecer a Ashbury.

Puse la billetera a salvo en el bolsillo de delante del pantalón. Era como un billete de lotería premiado. No podía perderla. Me doblé sobre el lavamanos y me lavé la cabeza. Tuve que usar el jabón líquido y baboso de lavarse las manos. Era rosado y apestaba, pero funcionó.

Usé una tonelada de papel toalla para secarme el pelo, y otra tonelada para limpiar el baño. Lo metí todo en la basura. No quería dejar rastros, ni que alguien se imaginara lo que había ido a hacer allí. Frente al espejo, comparé mi nuevo "yo" con la licencia de conducir de Ashbury. Muy parecidos. Mi nariz era un poco más grande. También necesitaba un arete. Yo tenía un grano en la barbilla; él no. Me puse las gafas y me miré en el espejo. Miré la foto de nuevo. No era fácil distinguir quién era quién.

Capítulo doce

La señora de la lavandería ni chistó. Le di el recibo y me entregó el traje y la camisa.

—Tenga usted un buen día —me dijo.

Miré el traje y dije.

—De eso no tengo dudas.

¿Un buen día? Mejor decir una buena vida. Jamás había tenido un traje. Ron le había tenido que pedir prestado al vecino una chaqueta para el funeral de mi abuela.

No le sirvió de mucho, porque de todas maneras parecía un troglodita.

Pero yo, no. Eso no me sucedería a mí. Me quedaría perfecto y luciría bien, exitoso. Nadie se imaginaría que me lo había afanado.

Ese traje era mi pasaporte, mi salida. No más trabajos de baja categoría. Con un traje como ése podía aspirar a un trabajo de vendedor. Tenía la identificación de Ashbury y con las gafas, aparentaría veinticinco años. Y hasta podía trabajar vendiendo carros.

Todo estaba al doblar de la esquina. Ganaría mucho dinero y me compraría un montón de trajes. Conseguiría muchas chicas. Algún día regresaría y llamaría a Alexa para saludarla. De ninguna manera la iba a invitar a salir, nunca jamás. Ella había perdido su oportunidad. Me encantaría verle la cara cuando lo supiera.

Me sentía bien. Todo estaba saliendo como lo había planeado. Sólo necesitaba un poco de dinero para echar a rodar la bola.

En el centro comercial había un cajero automático. Esperé hasta que no hubiera nadie por los alrededores y me acerqué. Miré el número que estaba detrás de la tarjeta. Estaba más que seguro que era 2-5-3-7-9. La inserté, marqué los números y esperé. Tomó mucho tiempo o por lo menos eso fue lo que me pareció. El miedo hace que todo parezca demorarse una eternidad.

Lo admito, tenía miedo.

En cuanto marqué la contraseña, me di cuenta de que no tenía idea de lo que sucedía cuando se usaba una tarjeta robada. ¿Y si Ashbury la había reportado? ¿Sonaría una alarma? ¿Había una cámara tomándome una foto en ese mismísimo momento? ¿Saldría esa noche por la televisión en los programas de criminales?

El cajero automático sonó. Di un salto como si me hubieran pinchado. En la pantalla apareció un letrero: "Contraseña incorrecta. Cancele y trate de nuevo".

Estaba prácticamente sin respiración. No sabía qué hacer. Era como si toda mi vida dependiera de cuál botón marcar.

Identificación   65

Podía marcar "cancelar" y salir de allí, olvidarme del dinero y tirar la billetera en la basura, como tenía pensado. Pero, ¿qué iba a hacer entonces? ¿Adónde iría? A la casa, nunca. A la escuela, ni hablar. No podía ir a ningún lugar conocido, eso estaba claro.

Podía esconder el traje y vivir en la calle hasta que encontrara un trabajo. Podía mentir y dar la dirección de mi abuela. Sí, todo parecía bien, pero para eso necesitaba dinero. Conocía algunos niños que limpiaban parabrisas. Siempre tenían más dinero que yo para gastar en la pizzería *Big Slice*. Podía hacer lo mismo hasta encontrar algo mejor. No era una mala idea. Yo sabía limpiar, me gustaban los carros y no me vendría mal tener algún dinero en el bolsillo para que la gente me tuviera un poco más de respeto.

De pronto me vino una imagen a la mente. *Estoy en un semáforo y se me acerca un BMW. Le limpio el parabrisas y miro dentro del carro. Alexa va manejando.*

Me da unas monedas y me dice: "Lo siento, Chris. Eso es todo lo que tengo". No lo puedo creer, pero me apresuro a coger el dinero. Así de desesperado estoy.

No, de ninguna manera. No puedo hacer eso. No soy un limpiador de parabrisas. Me tengo un poco más de respeto.

No, no me podía detener, tenía que hacer algo con mi vida. La tarjeta de banco era mi única esperanza. ¿En qué iban a cambiar las cosas? Era muy tarde para dar marcha atrás. Si había una cámara ya me habría tomado una foto.

Tenía que hacerlo.

Marqué 2-5-8-7-9.

El cajero automático respondió enseguida con un bip. La pantalla me preguntó: ¿Quiere depositar? ¿Quiere sacar dinero? ¿Quiere el estado de cuenta?

Comencé a temblar, pero de felicidad. Me sentía orgulloso de lo que hacía. Ya empezaba a tomar las riendas de mi vida.

Elegí "Sacar dinero" y entonces marqué "Cuenta de cheques". ¿Cuánto necesitaba?

Debí llamar por teléfono primero y averiguar cuánto costaba el boleto del autobús. Me tomaría un par de días llegar al otro extremo del país y necesitaba dinero para comer por el camino. Si mi primo no me podía recoger en la estación, necesitaría dinero para un taxi. También necesitaba dinero para cuando llegara. Brandon me prestaría una máquina de afeitar hasta que me consiguiera un trabajo, pero no podía pedirle mucho más que eso. No podía permitir que se enojara conmigo. No quería que él también me echara de allí.

¿Serían suficientes doscientos dólares? ¿Doscientos cincuenta? Parecía mucho dinero, pero tampoco parecía una cantidad enorme. A lo mejor debía sacar doscientos y sacar otros doscientos más adelante. No quería sacar mucho de una vez para no levantar sospechas en el banco.

Entonces pensé que ésa podía ser mi última oportunidad. Ashbury podía reportar su billetera y la tarjeta no funcionaría al día siguiente, o yo perdería el valor de seguir adelante con el plan.

Me decidí por trescientos dólares. Me preocupó que no hubiera tanto dinero, pero en ese momento escuché que la máquina lo empezaba a contar. Dos segundos después, escupió un montón de billetes y un recibo.

Los billetes de veinte estaban lisos y calentitos como acabados de lavar y planchar. No me pude aguantar. Le pasé el pulgar al montón de billetes como si fuera un juego de barajas. Me tuve que morder los labios para no reírme como un idiota.

Me controlé. No tenía tiempo que perder. No podía quedarme allí y arriesgarme a que alguien me viera. Necesitaba pirarme cuanto antes. Metí la tarjeta y el dinero en la billetera como cualquier persona normal lo haría, como algo rutinario. Le eché una mirada al recibo y lo tiré a la basura.

Recogí el traje, la mochila y di media vuelta para marcharme. Entonces me di cuenta. El número que había leído en el recibo era... ¿sería posible?

Regresé corriendo y saqué el recibo de la basura. Lo miré de nuevo. Tuve que leerlo en voz alta para creérmelo.

Saldo de la cuenta: $67,482.72.

Capítulo trece

El traje me quedó perfecto. Hacía juego con la camisa azul. No tenía corbata, pero no me importó. Ésa era la nueva moda, trajes sin corbata. Era un *look* más casual.

Los zapatos que tenía, color café, tenían que ser eliminados. Una cosa eran zapatos de *sport* y otra cosa era zapatos baratos. Los míos eran justo eso. No iban bien con el traje y lo deslucían.

En el centro comercial había una tienda de zapatos. Me compraría un par. Tiré mi ropa vieja y mi mochila en un contenedor de basura. Ya no las necesitaría más. Eso era tener suerte. Salí del baño. Nadie me había visto entrar o salir.

Un par de zapatos negros sería lo ideal. El negro combinaba con todo. El vendedor me trajo varios pares. Los mocasines fueron los que más me gustaron. Metí los zapatos viejos debajo del asiento y me puse los nuevos. Me los llevaría puestos.

—Me llevo éstos —dije sin ni siquiera preguntar el precio.

—Son noventa y dos dólares con sesenta y cuatro centavos. ¿Cómo va a pagar?

Comprendí lo que me había querido decir, pero por un segundo pensé que decía: *¿Cómo diablos alguien como tú puede tener noventa y tres dólares para gastar en zapatos?* Eso me enfureció. Giré la cabeza para confrontarlo, pero no le dije nada porque vi que me sonreía.

Le importaba poco si yo tenía suficiente dinero o no. Me pude dar cuenta de que estaba admirando el traje que llevaba.

—No sé. Me imagino que en efectivo —dije.

Saqué la billetera. Todo sucedió rápidamente. Puse cinco billetes de veinte en el mostrador, uno detrás del otro.

—Quiero estar seguro de que no estén pegados —le dije.

El vendedor me contó que así fue como perdió un billete de cincuenta, y luego me dio el cambio. No le creí. No había manera de que un tipo como ése llevara encima dos billetes de cincuenta. Puse cinco dólares en una caja de donaciones para un hospital de niños, le sonreí de todas maneras, y salí de la tienda.

El área de comida estaba repleta de gente. Me puse en la línea de *Barbecue Pit*. Ya casi estaba decidido por medio pollo con salsa picante cuando cambié de idea. No quería que el traje nuevo se me manchara de grasa. Claro, siempre podía comprarme otro. Me compraría otro,

Identificación 73

pero ahora no quería verme con una mancha justo en el pecho.

Necesitaba algo sin salsa y que fuera fácil de comer. Un sándwich era perfecto. Me salí de la cola de *Barbecue Pit* y me dirigí a Bagel *Schmagel*. Había todo tipo de gente caminando en mi dirección con bandejas de comida grasosa. Tuve que zigzaguear para no chocar con ellas. Las gafas tenían una graduación un poco fuerte para mí y me costaba estimar las distancias. Tropecé contra una mesa. Todo se tambaleó. Tuve tiempo de agarrar un vaso de café antes de que se derramara en un plato de comida china.

—Disculpe —dije, mientras le entregaba el vaso a alguien. El hombre levantó la vista. Era Oxner. Qué suerte tropezarme con él. ¿Qué hacía él allí? Pensaba que jamás salía de la escuela.

Debí haberme puesto más pálido que un fantasma. Me miró directamente a los ojos y esperé que dijera: "¿Christopher Bent? ¡Policía!", pero no lo hizo. Limpió el café derramado con la servilleta y dijo:

—No se preocupe. No ha pasado nada —y me sonrió sin ganas.

—Perdón —dije y seguí de largo.

Tomé un atajo entre las mesas para salir de allí. De pronto me sentí rodeado de gente conocida. Gente que *me conocía*. Vi a Adriana Salah, de mi clase de biología, hablando con otras chicas frente a *Eatsa Pizza*. Había alguien comiéndose un burrito, que me parecía conocido. Una chica con unos aretes grandes de plata me miraba fijamente.

Tenía que salir de allí.

No corrí, pero ganas no me faltaron.

Capítulo catorce

Me metí en el primer taxi que encontré.

—¿A dónde se dirige? —me preguntó el chofer.

Quise decirle "lejos de aquí", pero no era lo más apropiado. Pensaría que pasaba algo raro.

Se me quedó la mente en blanco. No tenía idea qué decirle.

—Eh… —comencé a decir. El chofer le daba golpecitos al timón, esperando. Luego, ajustó el marcador.

Tenía que actuar fríamente.

—¿Conoce algún buen hotel cerca del aereopuerto? —eso sonó bien, natural. Era el tipo de pregunta que un hombre de negocios le haría. El chofer pensaría que yo estaba de pasada por la ciudad. No notaría nada raro y eso era lo que yo quería.

—Sin duda —me respondió—. Acomódese. Estaremos allí en pocos minutos.

Salió del aparcamiento a toda velocidad como un chofer de películas de persecuciones.

El viaje por la autopista me dio tiempo a pensar. Estuve al borde del desastre en el centro comercial. ¿Cuánta gente me había visto? ¿Cuánta gente me reconoció? Era posible que sólo me estuviera engañando a mí mismo. Era posible que todo el mundo pudiera darse cuenta de que el tipo rubio era Chris Bent con traje y gafas.

Pensé en Oxner. Tenía una mirada extraña. ¿En qué estaría pensando? ¿Me había reconocido?

El corazón me latía a toda prisa. Entonces me di cuenta de que Oxner nunca perdería una oportunidad de crearme problemas. Era posible que se hubiera pasado el día pensando en la forma de echarme el guante. Si me hubiera reconocido, hubiera dicho algo. De eso podía estar seguro.

Pero, ¿por qué tenía esa expresión?

Quizás a Oxner no le gustó que unas manos extrañas tocaran su vaso de café. A mí, sin duda, me daría asco aunque el tipo llevara un buen traje.

Entonces recordé la taza asquerosa que Oxner siempre tenía en su mesa. Si podía beber de ella, podía beber de cualquier cosa. No, de ninguna manera le había importado que le tocaran el vaso.

Recordé su mirada. No. No tenía una mueca de asco. Parecía más bien avergonzado, como alguien que no quiere hablar y prefiere estar solo.

Eso era.

¡Oxner estaba avergonzado! Y yo sabía por qué. Tenía vergüenza de su triste e insignificante vida. Lo habían visto comiendo un plato grasoso de cerdo agridulce, solo, en un cafetucho. En la escuela, se pasaba todo el día actuando como si fuera alguien muy importante, pero en verdad no era nadie. Se notaba en esos polos ridículos que usaba. De seguro vivía en un sótano chiquito y apestoso, sin mujer, sin amigos, sin vida. Iba al centro comercial a despejarse un poco y entonces, un chico joven con un traje carísimo tropezaba con su mesa y le recordaba que era un frustrado.

No tuve dudas. Eso era. Ésa era la razón por la que me miró con semejante cara. Estaba humillado. De pronto, sentí una increíble felicidad.

Me relajé y contemplé los camiones pasar a toda velocidad. Ya no estaba preocupado por la gente que había visto. Lo más probable era que Adriana Salah ni me hubiera prestado atención. Estaba concentrada en la conversación, riéndose

Identificación 79

con sus amigas. El tipo que se comía el burrito me pareció conocido, ¿y qué? Todos los tipos de cuarenta años lucen igual. Bueno, sí, la chica de los aretes grandes me miraba fijamente, pero a eso también podía darle una explicación: las chicas se fijan en los chicos. De seguro se preguntaba quién era yo. Apostaría cualquier cosa a que si me quedaba allí un rato más, hubiera encontrado una excusa para acercárseme.

El taxi se detuvo delante del hotel Aerolux.

—Señor, son veintiséis dólares y veinticinco centavos.

Me asombré. No pensé que iba a ser tanto. Sabía que no importaba, porque tenía suficiente dinero en la billetera y un montón en el banco, pero así y todo... se estaba yendo muy rápido. ¿Y si no puedo encontrar un cajero automático antes de gastarlo? ¿Y si Ashbury reporta su tarjeta? ¿Y si Oxner, en realidad, me había reconocido? Otra vez me estaba poniendo nervioso.

El taxista ya no me parecía tan simpático. Pensé que no le agradaba mi demora en pagarle, pero no podía seguir gastando el dinero de esa forma.

—¿Puedo pagarle con una visa? —pregunté.

No le pareció la mejor idea, pero aceptó. Le di una propina de diez dólares y firmé el recibo. Cuatro círculos y una línea.

El tipo arrancó una copia del recibo y me la entregó.

—Gracias, señor Ashbury —dijo—. Disfrute de su estancia.

Capítulo quince

Podía sentir el sudor que me rodaba por la espalda, por los lados y por el estómago. Pensé que arruinaría el traje con las manchas de sudor.

¡Qué idiota era! ¿Por qué había usado la visa? ¡Ahora el taxista sabría mi nombre! ¿Y si había salido por los periódicos lo de la billetera perdida? ¿Y si el taxista llamaba a la policía?

El hombre en uniforme frente a la puerta del hotel me preguntó:

—¿Se siente bien, señor?

—Sí. Sí, gracias. Estoy bien —dije—. Sólo tengo un poco de calor. ¿Hay algún lugar donde pueda tomar algo?

—Tenemos un buen bar al lado de la recepción, señor —dijo mientras me abría la puerta.

Qué sensación tan agradable la del aire acondicionado. Me dirigí al bar. Era un lugar con estilo. Madera oscura. Grandes butacas. A mi abuela le encantaría la música que estaban tocando. Me senté en una esquina y la mesera se me acercó enseguida. Me imaginé que no tendría mucho que hacer, porque el lugar estaba prácticamente desierto. Puso una servilleta y un cuenco con cacahuetes en la mesa. Era bonita y no parecía pasar de los veintiún años.

—¿Qué desea, señor? —dijo.

En un lugar como ése, lo apropiado hubiera sido pedir un martini o un coñac, pero yo no tomo bebida fuerte. Eso te vuelve loco. Yo vi lo que le hizo a mi padrastro. Pedí una cerveza. La mesera no me pidió identificación y eso me calmó un poco.

Me trajo la cerveza. Estaba desesperado por tomármela, pero primero la serví en un vaso.

—¿Va a tomar algo más, señor? —me preguntó.

Le dije que sí. No supe si me tomaría otra, pero en ese momento no podía pagar. Estaba en total estado de pánico. No podía ni tocar la billetera, ni pensar en ella. Necesitaba tiempo para calmarme.

Me bebí la mitad de la cerveza de un tirón y esperé a que hiciera efecto. Me comí algunos cacahuetes, me recosté en la silla y escuché la música. Empecé a sentirme mejor y a pensar claramente.

Las cosas no estaban tan mal como aparentaban. Un hombre había perdido una billetera con setenta y cinco dólares. Nada del otro mundo. ¡No iba a llamar a la policía por eso! El taxista no tenía por qué conocer a un tal Andrew Ashbury y no tendría ninguna razón para acordarse de mí. De seguro llevaba más de veinte personas al aeropuerto todos los días. ¿No era yo uno más?

Estaba comportándome como un cobarde. Estaba histérico como una vieja. No tenía de qué preocuparme, por lo menos, no por eso.

Terminé la cerveza, llamé a la mesera y pedí otra. Le pregunté si había un cajero automático cerca.

—Hay uno en el *lobby*—dijo.

Mi plan estaba tomando otro rumbo. Fui al cajero. En la entrada había varios taxis esperando. Pedí quinientos dólares. Si la tarjeta era denegada, me metería en uno de los taxis y adiós. Tenía la esperanza de que la mesera no tuviera que pagar por las cervezas. Consideré ir directamente a la estación de autobús.

Resultó que no tuve el menor problema. La máquina me dio los quinientos dólares. Los metí en la billetera, en el

Identificación 85

compartimento de al lado, separado del otro dinero. Ése era mi capital y no podía tocarlo.

La cerveza me estaba esperando cuando regresé. Llamé a la mesera otra vez y pedí un bistec. Iba a estar sin comer por un buen rato, así que decidí disfrutar de una buena cena.

El bistec estaba perfecto. Tenía dos pulgadas de grosor, varias líneas cruzadas como en los comerciales y estaba tan suave que podía cortarlo con el tenedor. Mucho mejor que la inmundicia que se estaba comiendo Oxner.

Casi me dio risa pensar en aquella salsa agridulce y me imaginé que a él no le importaría mancharse su "chamarra".

Entonces, se me ocurrió algo: no era una coincidencia que me hubiera tropezado con Oxner en el centro comercial.

Era algo raro, pero de pronto supe que había una razón. Era una llamada de alerta, un mensaje que me decía que debía tener mucho cuidado. No sabía de quién.

¿De Dios? ¿Del universo? ¿De mi abuela que trataba de comunicarse conmigo desde el "más allá"?

Esas cosas se escuchan por televisión muy a menudo. Un pájaro se posa en el hombro de alguien en el mismo momento en que su hermano muere a un millón de millas de distancia. Una persona ve una luz en el bosque y sale de su carro justo antes de que el motor explote. Una mujer escucha una música en una casa vacía y encuentra un anillo de diamantes debajo de la tapa de un piano. No pueden ser pura coincidencia. Alguien que ha muerto está tratando de comunicarse con ellos. El hecho de que no se puedan probar no significa que no sean ciertas.

Mi abuelita y yo éramos muy unidos y siempre se preocupaba por mí. Pensé que ésa era su manera de decirme que tuviera cuidado. La suerte no me iba a acompañar siempre. Ella siempre me aconsejaba no depender nunca de la suerte. Me diría que las cosas tenía que hacerlas yo mismo y que debía tomar control de mi propia vida.

Me comí el último pedazo de carne. Abuelita tenía razón.

Mis calificaciones eran malísimas, pero yo era inteligente. Más inteligente que Oxner, de eso no tenía duda. Podía llevar a cabo mi plan. No necesitaba el dinero de nadie, sólo un préstamo hasta despegar. Algún día buscaría a Andrew Ashbury, lo invitaría a un restaurante caro como éste y le contaría todo. Le pagaría el dinero más interés y para compensarlo, lo invitaría a un paseo en mi velero y hasta podríamos llegar a ser amigos.

Por el momento, tenía que irme lejos donde nadie me conociera. Eso era lo que mi abuela me estaba tratando de decir. Podía confiar en mi primo. El traje me ayudaría a encontrar trabajo y tenía el dinero para ayudar a Brandon con el alquiler hasta que recibiera el primer pago.

La mesera se acercó.

—¿Cómo estaba la cena, señor?

—Muy bien, gracias —dije—. Sólo tengo una queja.

Arrugó la frente, y se veía bella.

—¿Usted dirá, señor?

—No me gusta que me llame señor. Ya tengo bastante durante el día —le dije con un guiño.

Ella se rió.

Sabía que no pasaría mucho tiempo antes de que eso fuera verdad. Si regresaba, era posible que la invitara a salir.

Capítulo dieciséis

Decidí no tomar el autobús. Tenía que llegar lo antes posible y, además, dos días de viaje en autobús me estropearían el traje. Debía volar.

Tomé el transporte gratis desde el hotel hasta el aeropuerto. Nunca en mi vida había volado ni había puesto un pie en un aeropuerto. Pensé que me pondría nervioso, pero no fue así. El lugar se parecía a los aeropuertos de las películas.

Me acerqué al mostrador y pregunté cuándo salía el próximo vuelo para Edmonton. La señora tecleó en la computadora y dijo:

—El vuelo de las 7:45 está completo, pero tenemos un par de asientos en el de las 10:30.

Me pareció bien. Volvió a teclear. Se demoraba una eternidad. Me pidió una identificación. No me dio tiempo ni a entrar en pánico; simplemente le entregué la licencia de conducir. No pestañeó. Sin embargo, le pareció extraño que no llevara equipaje.

—Muy bien —dijo—. Son $987.46.

—¿Cómo? —no pude evitar el asombro—. ¿Mil dólares?

—Cuando se compran los boletos a última hora, siempre resultan más caros. Puedo tratar de encontrarle uno con mejor precio, pero no podría garantizarle que vaya a salir en ese vuelo —dijo con una sonrisa.

Podía darme cuenta de que le importaba poco cuánto me costaba.

Identificación 91

Debí haber sacado más dinero, pensé. En ese momento no quería ir al cajero automático. Parecería un muerto de hambre, al que no le alcanzaba el dinero. ¿Tomaría tarjeta de débito? Si le preguntaba, parecería alguien que nunca había volado antes.

—Muy bien —dije—. Tengo una junta importante que no puedo perder.

Le entregué la visa. La pasó por la máquina mientras yo me concentraba en respirar y parecer relajado. Traté de no pensar en todos los policías con chalecos antibalas que había visto en el aeropuerto.

La máquina hizo un ruido y dejó asomar un recibo que arrancó y me entregó. Lo firmé, me dio la tarjeta de embarque y me dijo que debería estar en la puerta G23 a las 9:50 p.m. Me recordó mostrar una identificación con foto.

Fui directamente al baño. Pensé que iba a vomitar. Era como si estuviera jugando a la ruleta rusa. ¿Cuántas salvas podría disparar antes de que me tocara una bala de verdad? La situación se me hacía inaguantable. Tenía que presentar la identificación para abordar el avión, de lo contrario hubiera echado la billetera a la basura allí mismo.

Me puse agua fría en la cara y traté de calmarme. Me miré en el espejo. El corte de pelo era horrible y sospecharían. Ashbury nunca se haría un corte de pelo como ése, porque podía pagar por el mejor.

No. No podía pensar de esa manera. Nadie se iba a fijar en mi pelo. La tarjeta de crédito había pasado sin problemas y, obviamente, Ashbury no había reportado aún la pérdida de su billetera.

¿Por qué? Hacía ya tres días que me la había encontrado. ¿Por qué no la había reportado? Los setenta y cinco dólares podrían no importarle, pero no querría que su tarjeta de visa estuviera en manos de un extraño que la usara a su gusto.

Me pregunté si Ashbury estaría de viaje y no había notado la pérdida. También era posible que estuviera enfermo en cama.

También podría estar muerto.

Se me pusieron los pelos de punta de pensarlo al mirarme en el espejo y ver su cara.

Se me ocurrió que todo no era más que un caso de reencarnación. Era posible que Ashbury estuviera realmente muerto y que en mi destino estuviera que yo asumiera su identidad. Nunca nadie lo sabría. Chris Bent desaparecería y sería reemplazado por el nuevo Andrew Ashbury.

Era algo impensable. Me dieron escalofríos. Me sequé la cara y salí del baño.

Como tenía tres horas para matar el tiempo, decidí llamar a Brandon y decirle que iba para allá. Encontré un teléfono público, pero me di cuenta de que no podía llamarlo a cobro revertido; él nunca aceptaría la llamada. Tenía algo de dinero, pero no quería gastarlo. Debía cuidarlo; no sabía cuándo podría sacar más. También podía usar la visa, pero hacerlo me alteraba los nervios. No tenía idea de cuál era mi límite y decidí que de ahí en lo adelante la utilizaría sólo en caso de emergencia.

Pensé que lo mejor era llamar a Brandon cuando llegara. Sería una llamada local y no me costaría mucho. Sí, era mejor. Una vez en Edmonton no podría decirme que regresara y tendría que dejarme estar en su casa.

Pensé en llamar a mi madre y despedirme. Parte de mí no quería que ella se preocupara, pero la otra parte me decía que bien merecido se lo tenía.

Al final, no la llamé por temor a que contestara Ron. En cuanto consiguiera un buen trabajo le compraría un regalo a ella y uno a Mandy y se los enviaría junto con una carta. Algún día les compraría boletos de avión para visitarme. Mi mamá siempre había soñado con visitar Edmonton.

Recorrí todo el aeropuerto. Había muchísimas tiendas y estuve mirándolas por un rato hasta que me aburrí. ¿Qué sentido tenía ir por las tiendas si no tenía dinero que gastar?

Estaba cansado; sólo quería dormir y despertarme en otro lugar. Encontré donde sentarme. Había gente completamente dormida y desplomada en los bancos. Parecían vagabundos. No, de ninguna manera iba yo a hacer eso, aunque estuviera muerto de cansancio.

No quería ponerme cómodo; me preocupaba que se me arrugara el traje. Podía habérmelo quitado, pero sentía que la camisa estaba un poco sudada todavía y era algo asqueroso. Me hubiera gustado tener otra ropa que ponerme. Tenía que guardar el traje para las entrevistas de trabajo.

Eso me hizo recordar algo que inmediatamente me ayudó a olvidar el sueño. Ashbury tenía un comprobante en la billetera. ¿Sería de su equipaje?

Nadie me estaba mirando. Abrí la billetera y saqué el papel.

Ya lo sabía: era un comprobante para recoger una maleta en el aeropuerto. En ese mismo aeropuerto. No decía mucho: *N°. 3904. Bolsa de lona. Vencimiento mayo 23. Se necesita identificación para recoger parte o el total del contenido.*

Decía algo sobre los artículos que aceptaban, pero eso no me interesaba.

Doblé el papel y me lo puse en el bolsillo.

Una bolsa de lona. Era posible que Ashbury tuviera allí alguna ropa de diario: vaqueros, camisetas y otras cosas. Ropa que no importaba estrujar, que serviría para viajar cómodamente en el avión. Ésa era, probablemente, la razón por la que la guardaba allí.

En la billetera también había una llavecita. Apostaba cualquier cosa a que era de la bolsa. No querría que le robaran sus cosas.

Estábamos a 22 de mayo, de eso estaba seguro, porque el baile de la escuela era el 23. Por un segundo pensé en Alexa y me di cuenta de que no me importaba con quién fuera al baile. Era algo ajeno a mi vida.

Mi vida era otra ahora y me tomaría todo el tiempo del mundo. Podía quitarme la camisa sudada y cuidar que mi traje luciera bien.

Identificación

Todo era perfecto. Sentí que mi abuela me sonreía desde lejos, otra vez. Me pregunté si, en alguna medida, la idea de recuperar el equipaje se debía a ella. Ella siempre procuraba lucir lo mejor posible, aunque no tuviera mucho dinero.

Encontré el mapa del aeropuerto. La oficina de reclamo de equipaje estaba en el piso principal. Tenía suficiente tiempo hasta la hora de presentarme en la puerta de salida.

Me sentí bien hasta que llegué a las escaleras eléctricas. Más que bien, estaba feliz, pero de pronto, y sin razón aparente, empecé a ponerme nervioso otra vez. Recordé: *Se necesita identificación.* El acné de la cara parecía multiplicarse, me imagino que de los nervios. Ashbury no tenía acné. ¿Qué persona de veinticinco años lo tiene? Por el otro lado de las escaleras eléctricas bajó un policía que se me quedó mirando. Comencé a sudar horriblemente otra vez.

Casi me regreso, pero comprendí lo estúpido de mi análisis. La señora que me había vendido el boleto me había pedido la identificación y la había revisado debidamente. Tenía que asegurarse de no dejar entrar a terroristas ni a criminales en el avión. Miró cuidadosamente la foto de mi licencia de conducir, no notó absolutamente nada irregular y me vendió el boleto. Esta vez sólo iba a recoger una bolsa. ¿Quién iba a preocuparse por una cosa como ésa?

Encontré la oficina enseguida. Había varias personas esperando. Tenía suficiente tiempo y además, el señor que estaba en el mostrador era muy rápido. Sin duda no examinaba las identificaciones para asegurarse de que las personas de la foto tuvieran un grano en la cara.

Yo no era más que un tonto. Esas cosas en la cara son pasajeras. En ese momento me acordé del arete. ¿Por qué no me había perforado la oreja como Ashbury? En el centro comercial hubiera podido encontrar un montón de lugares donde hacérmelo por sólo cinco dólares. Ésa era la forma más estúpida de ser

Identificación 99

descubierto, pero en ese momento tenía que olvidarme de ese detalle. Ya no podía echarme atrás.

Sólo faltaba una persona para que me atendieran y el chico de reclamo de equipaje bromeaba con ella, lo que ayudó a que me relajara. No parecía un tipo difícil. Si notaba que no llevaba arete, le diría simplemente que ese día no me lo había puesto.

¿Y cómo es que no tenía perforada la oreja?

Estaba siendo un estúpido otra vez. Tenía que controlarme y actuar con naturalidad. La mujer tomó una maleta roja y se marchó.

—¡El próximo! —dijo el chico—. Su comprobante, por favor.

Se lo entregué. Lo miró.

—Llegó en el último minuto —dijo y comenzó a teclear los números en la computadora—. Hmm, no sé por qué se demora tanto.

Sentí deseos de vomitar. Miró la pantalla por unos segundos y volvió a teclear.

—Necesito su identificación, señor Ashbury.

Le entregué la licencia de conducir. La miró, me miró y asintió.

—Gracias.

Tenía que relajarme. No podía seguir con esos altibajos emocionales. El tipo había visto que era yo. No había problemas. No era más que una bolsa lo que estaba en juego.

Me dijo:

—Espere un minuto, por favor. Vuelvo enseguida.

Pasaron más de cinco minutos. Salió con una pequeña bolsa marrón en la mano. Parecía pesada. Tuve la esperanza de poder llevarla en el avión.

—¿Es ésta su bolsa? —me preguntó.

—Eso parece —dije.

Tenía un pequeño candado en el zíper. Estaba seguro de que la llavecita lo abriría.

Me entregó la bolsa, le di las gracias y di media vuelta para retirarme.

Identificación 101

El policía que había visto en las escaleras eléctricas estaba frente a mí y me apuntaba a la cabeza con un arma.

No tuve que decir palabra; sabía lo que sucedía. Lo había estado esperando todo el tiempo. Ashbury debió reportar sus tarjetas. El banco me había tomado fotos en el cajero automático. El chofer del taxi y la señora de la aerolínea me habían identificado también. Estaba seguro de que ya todos sabían que yo no era Andrew Ashbury. Lo sabría hasta la mesera del hotel.

Perdón, yo no era más que un chico del peor barrio de la ciudad tratando de actuar como un tipo importante. Todos se estarían desternillando de la risa.

Pero estaba equivocado.

Capítulo diecisiete

El policía me dijo:

—Andrew Kirk Ashbury, está arrestado por dos cargos de asesinato, secuestro con fuerza, adquisición de drogas para su venta y posesión de arma de fuego. Tiene el derecho a procurar asistencia legal. Si no puede costearla, podrá...

No entendía una palabra de lo que decía. Me había llamado Andrew Kirk Ashbury. ¿Qué quería decir eso? Otros

Identificación 103

dos policías me habían esposado y hecho arrodillar en menos de un segundo.

Traté de decirles que yo era Christopher Earl Bent, que me había encontrado la billetera en la calle, que tenían al tipo equivocado, que no sabía nada de asesinatos, drogas o armas de fuego.

Lo único que dijeron fue: "Claro que sí", y me metieron de cabeza en el carro patrullero.

Miré por la ventanilla. Podía ver el aeropuerto.

No pude evitarlo, me reí. Había estado a punto de dejarlo todo atrás.

**Watch for new titles
in the Soundings
series in Spanish!**

**¡No se pierda
los nuevos títulos
de *Soundings*
en español!**

**Un trabajo
sin futuro**
(Dead-End Job)
Vicki Grant

978-1-55469-051-0
$9.95 · 112 pages

La verdad
(Truth)
Tanya Lloyd Kyi

978-1-55143-977-8
$9.95 · 112 pages

**La guerra de
las bandas**
(Battle of the Bands)
K.L. Denman

978-1-55143-998-3
$9.95 · 112 pages

Ni un día más
(Kicked Out)
Beth Goobie

978-1-55469-137-1
$9.95 · 112 pages

El qué dirán
(Sticks and Stones)
Beth Goobie

978-1-55143-973-0
$9.95 · 112 pages

De nadie más
(Saving Grace)
Darlene Ryan

978-1-55143-969-3
$9.95 · 112 pages

Revelación
(Exposure)
Patricia Murdoch

978-1-55469-053-4
$9.95 · 112 pages

El plan de Zee
(Zee's Way)
Kristin Butcher

978-1-55469-057-2
$9.95 · 112 pages

A toda velocidad
(Overdrive)
Eric Walters

978-1-55469-055-8
$9.95 · 112 pages